In Schweden ist die Welt noch in Ordnung

Wir befinden uns in Südschweden, genauer gesagt, in Småland, in einem von Torfmooren und Birkensümpfen geprägten Seen- und Waldgebiet. Hübsche rotweiße Schwedenhäuschen sprenkeln die urwüchsige Landschaft. Adler kreisen hier noch am Himmel, Elche ziehen durch die Wälder, und auf jeden Bewohner der dünn besiedelten Landschaft kommen eine Million Mücken. Hier brachte einst der kleine Michel die Welt in Ordnung. Und das ist sie noch.

Oder doch nicht?

Eines der wichtigsten Ereignisse im Jahr eines jeden Schweden – und der anreisenden Touristen – ist das Mittsommerfest, das in der Nacht zum Samstag nach dem 21. Juni gefeiert wird. Dann fährt ganz Schweden aufs Land und tanzt und singt ausgelassen bis tief in die helle Mittsommernacht hinein. Dazu gibt es traditionell schwedisches Essen mit Hering, Knäckebrot und reichlich Schnaps.

Für manche gibt es am nächsten Tag allerdings ein böses Erwachen. Oder gar keins mehr.

Das schwedische Mittsommerfest

Ein gutes Allgemeinwissen ist unerlässlich für einen guten Detektiv. Was wissen Sie über die Feier der kürzesten Nacht des Jahres?

1. Was verbirgt sich hinter dem schwedischen Wort „majstången", das bei diesem Fest eine große Rolle spielt?
   a) Ein traditionelles Gebäck, eine Art Knabberstange
   b) Ein mit Laub geschmückter Pfahl
   c) Die Maiskolben, die zum Fest gegessen werden

2. Welches rituelle Verhalten gehört außerdem zum Fest?
   a) Wie ein Frosch um den Baum hüpfen
   b) Blumen sammeln und unters Kopfkissen legen
   c) Jedes dritte Schnapsglas über dem Kopf des Tischnachbarn ausleeren

3. Woher stammt der Brauch, um den „Maibaum" zu tanzen?
   a) Aus Deutschland
   b) Von Ikea
   c) Aus einer nordischen Sage

Die Hauptpersonen

Ole Forsberg
liebt Traditionen

Linn Skögland
liebt Ole Forsberg

Magdalena Forsberg
weiß mehr, als sie sagt

Ragnar Persson
hat eine Stinkwut

Nils Andersson
hat ein Geheimnis

Gunvald Wikström
verrät mehr, als er ahnt

Kommissar Gustav Gustafsson
hat einen Kater

Irgendetwas stimmte mit seinem Kopf nicht ...

... dachte Kommissar Gustav Gustafsson und öffnete seine Augen einen winzigen Spalt. Sofort schloss er sie wieder. Mit seinen Augen war auch etwas nicht in Ordnung. Das Licht brannte wie Feuer auf seiner Netzhaut. Und wieso war es überhaupt schon so hell? Dann fiel es ihm wieder ein. Mittsommernacht. Die Party. Er stöhnte und zog sich die Bettdecke über den Kopf. Der Schmerz in den Augen ließ nach. Aber das Hämmern in seinem Kopf ging weiter. Und da war noch etwas: ein Geräusch, das nicht hierher gehörte. Nicht in seinen Kopf und auch nicht in seinen Traum. Er brauchte weitere zwei Minuten, bis er erkannte, dass es sich um das Klingeln des Telefons handelte.

Dreißig Minuten und eine kalte Dusche später stieg Gustafsson zu Per Söderman in den Dienstwagen. Söderman warf ihm einen mitleidigen Blick zu. „Gut gefeiert?"„Ich erinnere mich nicht", knurrte Gustafsson. Er wartete immer noch darauf, dass die Wirkung der Kopfschmerztabletten einsetzte. „Was ist passiert?" „Ein Toter auf Lunnabacken", sagte Söderman. „Was, im Heimatmuseum?" „Ja. Da war gestern Mittsommerfest. Und heute Morgen lag ein Toter in der Scheune. Mit einem Hammer erschlagen." Gustafsson ächzte. „Ich weiß genau, wie er sich fühlt." „Wohl kaum", sagte Söderman trocken. „Sein Kopf liegt zerschmettert auf einem Amboss." Er verzog das Gesicht. „Muss ein ziemlich grausamer Anblick sein. Und daneben standen zwei volle Biergläser." „Wer ist es?" „Er heißt Ole Forsberg. 52 Jahre alt, Hufschmied. Arbeitete seit Jahren ehrenamtlich für das Heimatmuseum. War gestern Abend auch auf dem Mittsommerfest, zusammen mit seiner Frau. Die Frau, die ihn heute Morgen gefunden hat, ist die Leiterin des Heimatmuseums, Linn Skögland. Als sie heute gegen elf zum Aufräumen wiedergekommen ist, lag er tot auf dem Amboss." „Wie kam der Amboss da hin?" „Der steht da immer. In der Scheune haben sie altes Werkzeug und Maschinen ausgestellt." Gustafsson seufzte. Der Gedanke an Lunnabacken ließ Gedanken an Sommerfrische und Urlaubstage aufkommen, die er schnell wieder beiseiteschob. Es war eine Anhöhe in der Nähe des Åsnen-Sees, von der man einen wunderbaren Blick auf das

Wasser hatte. Dort stand der Odensvallahults Gutshof, der das Heimatmuseum beherbergte, und drei weitere historische Gebäude. Gleich nebenan befand sich Kurrebo, ein altes Herrenhaus mit einer großen Gartenanlage, einem Café und einem Bed & Breakfast. Gustafsson seufzte noch einmal. Wenn nur die Kopfschmerzen endlich nachlassen würden.

 Wenn Sie aufgepasst haben, wissen Sie, an welchem Wochentag Gustafsson aus dem Schlaf gerissen wurde.

Lösung:

Da die Mittsommerfeier immer in der Nacht von Freitag auf Samstag gefeiert wird, muss es ein Samstag sein.

Eine Museumsleiterin hatte Gustafsson sich irgendwie anders vorgestellt ...

... Älter. Und vor allem hässlicher. Linn Skögland war Mitte 30 und eine schwedische Schönheit mit weizenblonden Haaren und einem sanft gebräunten Teint. Im Moment sah sie allerdings ziemlich verheult aus. Der Tod ihres Kollegen hatte sie offensichtlich sehr mitgenommen. Sie saß auf einer Bank an einem der langen Tische, die noch von der Feier auf dem Hof standen, und nippte an einem heißen Kaffee. Gustafsson setzte sich zu ihr.

Gustafsson: Kannten Sie Ole Forsberg gut?

Skögland: Ja ... hm ... ja. Ich bin seit zwei Jahren hier die Leiterin und seitdem kenne ich ihn. Er hat bei den Reparaturen geholfen und war bei allen Festen dabei. Wenn Handwerkermarkt war, hat er die Schmiedekunst vorgeführt. Das war immer eine Attraktion.

Gustafsson: Hatten Sie auch privat miteinander zu tun, oder nur beruflich?

Skögland: Wir treffen uns unter den Kollegen, die hier arbeiten, schon mal ... da war er dann auch dabei. Weiter kenne ich ihn nicht.

Gustafsson: Was war er für ein Mensch?

Skögland: Er war ... er hatte ein enorme Ausstrahlung. Wie ein Kraftfeld. Und er war sehr engagiert. Interessierte sich für Geschichte und die Traditionen in Schweden, und für die alten Handwerkskünste. Er war mit Leib und Seele Schmied, das kann man sagen.

Gustafsson: Wie kam er mit den anderen Kollegen aus?

Skögland: Er war keiner, der anderen nach dem Mund redete. Er hatte seine Meinung, und von der wich er auch nicht ab. Insofern kam er nicht mit allen gut aus.

Gustafsson: Das klingt, als hätte es öfter Streit gegeben.

Skögland: Ach, Streit ... Sagen wir mal, andere hatten andere Meinungen, die sie genauso leidenschaftlich verteidigten. Aber Ole hat immer gern gefeiert und war nicht nachtragend.

Gustafsson: Hatte er in letzter Zeit mit jemandem eine Auseinandersetzung? Vielleicht mit jemanden, der weniger tolerant war?

Skögland: Also, das kann ich wirklich nicht sagen ... ich kenne ja sein Privatleben nicht. Hier unter den Kollegen ...

Hm, tja, mit Ragnar kam er tatsächlich nicht besonders gut aus. Aber ich kann mir nicht vorstellen ...

Gustafsson: Wer ist das?

Skögland: Ragnar Persson. Er ist Schreiner und auch hier im Verein tätig. Noch ziemlich jung. Politisch sehr engagiert, genau wie Ole, aber in entgegengesetzter Richtung.

Gustafsson: Wie meinen Sie das?

Skögland: Nun ja, Ole war eher konservativ, und Ragnar war überzeugter Sozialist. Die rappelten schon mal aneinander.

Gustafsson: Sind sie gestern auch aneinandergerappelt?

Skögland: Ja, das muss man sagen. Ich weiß aber nicht, worum es bei dem Streit ging, da müssen Sie Ragnar fragen.

Gustafsson: Fällt Ihnen jemand ein, der Grund haben könnte, Ole Forsberg zu ermorden?

Skögland: Nein.

Gustafsson: Kennen Sie auch Forsbergs Frau?

Skögland: Magda heißt sie, ja. Sie war gestern auch hier. Aber ich kenne sie nicht gut. Sie ist selten hier.

Gustafsson: Wann sind die beiden gegangen?

Skögland: Magda ist schon vor Mitternacht nach Hause gegangen. Ole erst später, ich weiß aber nicht genau wann. Er hat sich nicht von mir verabschiedet. Um ein Uhr habe ich ihn jedenfalls noch mit jemandem vor der Scheune stehen sehen.

Gustafsson: Wissen Sie noch, mit wem?

Skögland: So ein kräftiger Kerl mit ganz kurzgeschorenen Haaren. Ich kannte ihn nicht.

Gustafsson: Wie lange waren Sie hier?

Skögland: Bis etwa drei Uhr.

Gustafsson: Wann ist Ragnar Persson gegangen?

Skögland: Ziemlich bald nach dem Streit. Vielleicht so gegen elf.

Gustafsson: Waren die Gebäude alle abgeschlossen, als sie gegangen sind?

Skögland: Oh ja. Die öffnen wir auch nicht, nur das alte Lagerhaus, da sind die Toiletten untergebracht.

Gustafsson: Das heißt, die Scheune war demnach auch verschlossen.

Sköglund: Ja.

Gustafsson: Wann sind Sie heute Morgen hier eingetroffen?

Sköglund: Gegen elf Uhr. Ich war mit Ole, Britt und Oswald zum Aufräumen verabredet. Es war aber noch niemand da. Als ich in die Scheune wollte, stellte ich fest, dass die Tür nicht abgeschlossen war. Ich ging nachsehen, und ... fand ihn.

Gustafsson: Die Tür ist nicht aufgebrochen. Hatte Forsberg einen Schlüssel?

Sköglund: Ja. Da standen die Schmiedewerkzeuge drin.

Gustafsson: Wann sind Ihre anderen Kollegen eingetroffen?

Sköglund: Britt kam kurz nach mir, Oswald erst, als ich schon die Polizei gerufen hatte, vielleicht Viertel nach zwölf.

Gustafsson: Welches Verhältnis hatten die beiden zu Ole Forsberg?

Sköglund: Kollegial und entspannt.

 Welche wichtige Frage hat Kommissar Gustafsson vergessen zu stellen?

Lösung:

Er hat nicht nachgefragt, wer außer Ole Forsberg noch einen Schlüssel zur Scheune hatte.

Provinzen in Südschweden

Finden Sie acht Provinzen in Südschweden! Suchen Sie waagerecht, senkrecht, diagonal, von links nach rechts und von rechts nach links.

Ö	B	O	H	U	S	L	Ä	N	D	E	J
S	L	I	S	A	K	M	I	K	A	S	E
T	E	J	S	L	Å	S	Å	V	G	N	Ö
Ä	K	E	H	Ä	N	O	S	L	I	K	L
B	I	D	L	J	E	M	Ö	D	A	T	A
E	N	S	K	I	S	S	Ä	V	E	N	N
L	G	Å	M	S	H	A	L	L	A	N	D
K	E	L	L	Ö	M	K	U	R	G	A	M
I	F	O	G	A	R	L	N	E	U	T	I
N	Ä	R	K	E	L	U	N	G	R	O	S
N	L	U	I	S	O	N	E	N	A	J	T
U	R	S	K	D	N	A	L	S	L	A	D

Blekinge, Bohuslän, Dalsland, Halland, Närke, Skåne, Smaland, Öland

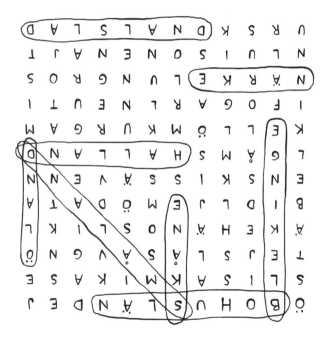

Lösung:

„Sieht aus wie eine Hinrichtung" ...

... bemerkte Målin Elmqvist. Sie war sehr blass und sah übernächtigt aus. „Der Pathologe meint, er ist seit sechs bis zwölf Stunden tot." Gustafsson sah zu der Leiche hinüber, die in einer seltsam verrenkten Stellung vor dem Amboss kniete, und sah schnell wieder weg. „Wie es aussieht", fuhr Målin Elmqvist fort, „hat ihn wohl zunächst ein heftiger Schlag an die Schläfe getroffen. Er hat das Bewusstsein verloren, der Mörder hat ihn zum Amboss geschleppt und mit dem Kopf darauf gelegt und noch ein paarmal draufgehauen." Sie verzog das Gesicht. „Da wollte jemand ganz sichergehen." „Hat es einen Kampf gegeben?", fragte Gustafsson. „Nein, keine Kampfspuren, und keine Abwehrverletzungen. Er ist überrascht worden." Gustafsson wandte sich an Söderman. „Frag mal bei Linn Skögland nach, ob sie sich noch erinnert, was Forsberg gestern anhatte. Was wissen wir noch?" „Er ist nicht vorbestraft und hat keine finanziellen Probleme. Hat eine Frau und zwei Kinder", sagte Målin Elmqvist. „Die Frau ist zwei Jahre jünger als er. Der Sohn Erik ist 18 und die Tochter Lisa ist 15. Beide wohnen noch zu Hause." Sie blickte auf ihren Notizblock. „Ich habe auch schon die Adresse von Ragnar Persson notiert. Mit wem sprechen wir zuerst?" „Mit Persson", entschied Gustafsson. „Schickt jemanden zur Benachrichtigung der Witwe. Und jetzt befragen wir noch die beiden anderen Kollegen, Britt und Oswald."

 **Warum will Kommissar Gustafsson wissen, welche Kleidung Forsberg am Tag zuvor getragen hat?**

Protokoll der Aussage von Britt K.:

„Ich war gestern bis halb eins auf dem Fest. Ole war gut gelaunt, der Streit mit Ragnar war auch nichts Ungewöhnliches. Die beiden liegen sich ja dauernd in den Haaren, Ragnar provoziert eben gerne und Ole nimmt den Handschuh gerne auf. Ragnar ist bald nach dem Streit verschwunden. An den kräftigen Typ mit den kurzgeschorenen Haaren kann ich mich auch erinnern, er hat sich eine ganze Zeit lang mit Ole unterhalten, sie schienen irgendetwas intensiv zu besprechen, sie wirkten sehr vertieft. Ole habe ich zuletzt gesehen, als ich gegangen bin, da saß er neben Linn Skögland auf der Bank und die flüsterten irgendetwas miteinander. Das Verhältnis von Linn und Ole war sehr gut, obwohl sie seine nationalkonservative Einstellung nicht teilt. Seine Frau kenne ich nicht näher. Sie ist nicht oft dabei."

Protokoll der Aussage von Oswald D.:

„Ich war gestern bis zwei auf dem Fest. Ole habe ich zuletzt gegen halb zwei gesehen, da verschwand er gerade in der Scheune. Ich war auf dem Weg zur Toilette. Als ich wiedergekommen bin, habe ich Linn in die Scheune gehen sehen, und als ich mich um zwei verabschiedet habe, ist mir Linn aufgefallen, die an der Bierausgabe stand, Ole aber nicht. Ich kann nicht sagen, ob er nach halb zwei noch da war. Er kam mir den ganzen Abend gut gelaunt vor, sogar nach dem Streit mit Ragnar. Seine Frau wirkte allerdings eher genervt und ist auch ziemlich früh gegangen. Ragnar ist um elf gegangen. Ole war ein guter Kerl, aber sein ständiges Schimpfen auf die Asylanten und das Versagen der Politiker konnte einem schon auf die Nerven gehen."

Ragnar Persson sah aus, als hätte er eine lange Nacht gehabt.

Er war offensichtlich noch nicht lange wach, wirkte ungewaschen, stank nach Alkohol und hatte blutunterlaufene Augen. Er war ein kräftiger, etwas untersetzter Mann Ende Zwanzig und reagierte gereizt auf das Auftauchen der Polizei.

Gustafsson: Sie waren gestern auf dem Mittsommerfest auf Lunnabacken.

Persson: Das kann ich nicht leugnen.

Gustafsson: Wann haben Sie das Fest verlassen?

Persson: Ziemlich schnell wieder. Die gingen mir da alle auf den Sack. Verdammte Heuchler alle.

Gustafsson: Jemand im speziellen?

Persson: Ja, wenn Sie es genau wissen wollen. Dieser dämliche Forsberg ... Wer nichts im Kopf hat, sollte den Mund geschlossen halten, sage ich immer, sonst zieht's.

Gustafsson: Hatten Sie Streit?

Persson: Das wissen Sie wohl auch schon.

Gustafsson: Was war der Grund für den Streit?

Persson: Der Grund, der Grund. Der Grund ist immer der Gleiche. Ich kann Leute nicht leiden, die „Ausländer raus" brüllen.

Gustafsson: Tut er das?

Persson: Er drückt es vornehmer aus. Aber er meint es.

Gustafsson: Und deswegen haben Sie ihm eine verpasst? Sie scheinen das ja sehr persönlich zu nehmen.

Persson: Der Mann ist ein Rassist. Deshalb ist er auch in diesem Heimatverein.

Gustafsson: Sie meinen, er engagiert sich für das Heimatmuseum?

Persson: Nein, er ist in diesem Schwedische-Heimat-bleibt-unser-Kukluxklan-Ding. Versteh nicht, warum der nicht verboten wird.

Gustafsson: Was genau ist gestern passiert?

Persson: Hab ich doch schon gesagt. Er hat wieder diesen Müll abgesondert und ich hab ihm eine reingehauen, das ist passiert.

Gustafsson: Und hat er sich gewehrt?

Persson: Nein, er hat nur gesagt, wenn ich mich nicht beherrschen kann, soll ich lieber kein Öl aufs Feuer gießen. Und dann ist gleich die Skögland angerauscht und hat gesagt, ich soll mich zusammenreißen, sonst ruft sie die Polizei.

Gustafsson: Wusste sie, worum es bei dem Streit ging?

Persson: Klar.

Gustafsson: Auf wessen Seite steht sie?

Persson: Frau Skögland steht immer nur auf ihrer eigenen Seite.

Gustafsson: Was ist dann passiert?

Persson: Ich hab mir noch ein Bier geholt, und dann bin ich gegangen.

Gustafsson: Wie spät war es da?

Persson: Gegen elf.

Gustafsson: Was haben Sie dann gemacht?

Persson: Dann bin ich zu Freunden gefahren und hab da weitergefeiert.

Gustafsson: Können Ihre Freunde das bezeugen?

Persson: Sagen Sie mal, worum geht es hier eigentlich? Falls ich irgendwelche Einrichtungen zerschlagen haben soll, kann ich mich nicht erinnern.

Gustafsson: Aber wann Sie nach Hause gekommen sind, wissen Sie noch?

Persson: Nicht genau. So gegen sechs, denke ich. Mit dem Taxi. Was ist los?

Gustafsson: Ole Forsberg ist tot.

Persson: Ha! Hat ihn einer umgebracht?

Gustafsson: Wie kommen Sie darauf?

Persson: Na, wenn ihn der Schlag getroffen hätte, wären Sie ja wohl nicht hier, oder?

Lösungen von Seite 18

Kommissar Gustafsson möchte wissen, welche Kleidung Forsberg am Tag der Feier getragen hat, um herauszufinden, ob Forsberg die Feier überhaupt noch lebend verlassen hat. Nach der vorläufigen Aussage des Pathologen kann er sowohl am Abend der Feier als auch am Morgen danach ermordet worden sein.

Magdalena Forsberg war eine schöne Frau.

Aber sie wirkte bitter, und die Nachricht vom Tod ihres Mannes hatte diesen Zug noch verstärkt. Sie zupfte während des ganzen Gesprächs an ihrer Strickjacke herum und vermied es, Kommissar Gustafsson oder seinen Kollegen Söderman anzusehen.

Gustafsson: Wann haben Sie Ihren Mann zuletzt gesehen?

Forsberg: Gestern Abend. Wir waren auf dem Mittsommerfest auf Lunnabacken.

Gustafsson: Wie lange waren Sie da?

Forsberg: Ich bin kurz nach elf gegangen, Ole ist noch geblieben.

Gustafsson: Warum sind Sie so früh gegangen?

Forsberg: Ich war müde.

Gustafsson: Passierte das öfter, dass Sie getrennt nach Hause gingen?

Forsberg: Ja.

Gustafsson: Und danach haben Sie ihn nicht mehr gesehen?

Forsberg: Nein.

Gustafsson: Er ist also nicht nach Hause gekommen?

Forsberg: Nein.

Gustafsson: Haben Sie sich keine Sorgen gemacht?

Forsberg: Nein. Ich habe erst heute Morgen gemerkt, dass Ole nicht da war. Dann dachte ich, er hat wohl zu viel getrunken und woanders übernachtet. Das macht er manchmal.

Gustafsson: Hatte Ihr Mann eine Geliebte?

Forsberg: Nein.

Gustafsson: Was macht Sie so sicher?

Forsberg: Ich BIN sicher.

Gustafsson: Es hat gestern Abend Streit gegeben zwischen Ihrem Mann und einem Kollegen, Ragnar Persson.

Forsberg: Ja. Das Frettchen. Mein Mann nannte ihn immer „das Frettchen".

Gustafsson: Warum?

Forsberg: Keine Ahnung.

Gustafsson: Haben Sie mitbekommen, wie es zu dem Streit gekommen ist?

Forsberg: Ragnar hat Ole mit Nils Andersson aufgezogen und dass demnächst ganz viele Ausländer direkt nebenan wohnen. Und Ole hat gesagt, er soll sich mal nicht zu früh freuen.

Gustafsson: Was war mit Nils Andersson?

Forsberg: Der wollte eigentlich seinen alten Gutshof für kleines Geld an das Heimatmuseum abgeben. Ole und er wollten ein großes Projekt daraus machen. Aber dann hat Andersson vor ein paar Tagen plötzlich beschlossen, den Hof lieber in ein Asylbewerberheim zu verwandeln, weil er dann jeden Monat Kohle vom Staat kriegt. Und wir haben demnächst diese Leute nebenan bei uns wohnen. Ole war stinksauer.

Gustafsson: Kannten sich Ole und Nils Andersson persönlich?

Forsberg: Natürlich, der wohnt doch gleich nebenan.

Gustafsson: Was könnte ihn so plötzlich zum Umschwenken veranlasst haben?

Forsberg: Ich nehme an, er braucht Geld.

Gustafsson: Könnte er einen Grund gehabt haben, Ihren Mann zu ermorden?

Forsberg: Mein Mann hatte wohl eher einen Grund, Nils Andersson zu ermorden.

Gustafsson: Gestern Abend hat Ihr Mann sich mit einem kräftigen Mann mit kurzgeschorenen Haaren unterhalten. Die beiden standen vor der Scheune. Wissen Sie vielleicht, wer das sein könnte?

Forsberg: Gunvald Wikström. Einer aus dem Heimatverein.

Gustafsson: Waren die beiden befreundet?

Forsberg: So würde ich das nicht nennen.

Gustafsson: Waren auch noch andere Mitglieder aus dem Verein auf dem Fest?

Forsberg: Nein.

Gustafsson: Was ist das für ein Verein?

Forsberg: Tja, sie halten Vorträge und organisieren Demonstrationen gegen die Einwanderungspolitik der Regierung. Ole hat den Verein vor fünf Jahren gegründet.

Gustafsson: Sind Sie auch Mitglied in diesem Verein?

Forsberg: Nein, das ist irgendwie ein Männerverein.

Gustafsson: Wo sind eigentlich Ihre Kinder, Frau Forsberg?

Forsberg: Erik ist auf Öland zelten und Lisa ist bei einer Freundin.

Gustafsson: Das heißt, Sie waren gestern Nacht ganz allein zu Hause, nachdem Sie das Fest verlassen haben?

Forsberg: Das heißt es wohl.

Autoren und ihre Ermittler

Während Gustaf Gustafsson und seine Kollegen weiter ermitteln, können Sie hier Ihre Kenntnisse des Schwedenkrimis testen!

Wer hat wen erschaffen?

1. Camilla Läckberg
2. Håkan Nesser
3. Stieg Larsson
4. Sjöwall/ Wahlöö
5. Åke Edwardson
6. Henning Mankell
7. Helene Tursten
8. Åsa Larsson

a) Inspektor Barbarotti
b) Erik Winter
c) Irene Huss
d) Mikael Blomkvist
e) Kommissar Beck
f) Rebecka Martinsson
g) Kurt Wallander
h) Erika Falck und Patrick Hedström

Lösung:

1. Das Ermittlerteam Erika Falck und Patrick Hedström sind Figuren von Camilla Läckberg

2. Inspektor Barbarotti wurde von dem Håkan Nesser erschaffen.

3. Mikael Blomkvist wurde von Stieg Larsson erdacht

4. Kommissar Beck wurde von dem Autorenteam Maj Sjöwall und Per Wahlöö erschaffen.

5. Åke Edwardson erschuf Erik Winter.

6. Kurt Wallander ist eine Figur von Henning Mankell.

7. Irene Huss wurde von Helene Tursten erdacht.

8. Rebecka Martinsson ist die Protagonistin in Åsa Larssons Romanen.

„Warum lügt Linn Skögland?", fragte Gustafsson ...

... und ließ sich schwer auf einen Stuhl im Besprechungszimmer fallen. Die Kopfschmerzen hatten endlich nachgelassen, dafür quälte ihn jetzt eine heftige Übelkeit. Ihm fiel ein, dass er noch nicht gegessen hatte. „Vielleicht hatte sie doch was mit Ole Forsberg?", überlegte Målin Elmqvist. „Sie sind immerhin dabei gesehen worden, wie sie gemeinsam in der Scheune verschwanden. Und offenbar blieb Ole gerne mal über Nacht weg." „Aber warum ist seine Frau dann so sicher, dass die beiden nichts miteinander haben?", fragte Gustafsson weiter. „Entweder sie weiß, dass er eine Affäre mit jemand anders hat, oder sie lügt." „Oder er hat gar keine Affäre, sondern treibt ganz andere Dinge in seiner Freizeit", warf Per Söderman ein. „Zum Beispiel Bomben bauen oder Ausländer verprügeln." „Wir haben ihn aber in Zusammenhang mit solchen Aktionen noch nie auf dem Schirm gehabt. Was wissen wir eigentlich über diesen Verein?" „Bisher waren sie ganz brav", berichtete Söderman. „Alle Demonstrationen ordentlich angemeldet und abgewickelt, nichts, was verfassungsrechtlich bedenklich wäre. Sie sind einfach nur rassistisch auf eine ganz gewöhnliche Weise und bemänteln es mit Heimatliebe." „Welche Rolle spielt Gunvald Wikström?", überlegte Gustafsson. „Wissen wir eigentlich, wie lange er auf dem Fest war?" „Nein, das wissen wir nicht", antwortete Målin Elmqvist. „Aber wir wissen, dass er 48 Jahre alt ist, unverheiratet, Gelegenheitsarbeiter, und vorbestraft wegen Körperverletzung und Trunkenheit am Steuer." „Scheint sich ja als Täter geradezu anzubieten." Gustafsson seufzte. Er erinnerte sich, dass er Magdalena Forsberg nach Wikström gefragt hatte, und dass sie eine seltsame Antwort gegeben hatte. Aber an den Wortlaut erinnerte er sich nicht mehr. Er verfluchte innerlich seine wilde Feierei vom Vortag und erhob sich. „Dann fühlen wir ihm mal auf den Zahn."

Gunvald Wikström war auf der Hut.

Gustafsson konnte seine Anspannung geradezu spüren. Er war ein kräftiger Mann, dem man ansah, dass er oft schwere körperliche Arbeit verrichtete und sich viel an der frischen Luft aufhielt. Auf die Nachricht von Ole Forsbergs Tod reagierte er schockiert, überspielte diese Reaktion aber schnell, indem er sich abwandte und eine Zigarette anzündete.

Gustafsson: Woher kannten Sie Ole Forsberg?
Wikström: Vom Verein. Ich bin vor einem Jahr dazugekommen.
Gustafsson: Was war Forsberg für ein Mensch?
Wikström: Was für ein Mensch, was für ein Mensch ... er konnte gut reden, auf jeden Fall. Konnte einem Eskimo einen Kühlschrank verkaufen, das konnte er. Auf unseren Versammlungen und so hat hauptsächlich er geredet.
Gustafsson: Hatte er Feinde?
Wikström: Sie meinen, im Verein?

Gustafsson: Zum Beispiel.

Wikström: Nö.

Gustafsson: Welches Verhältnis hatten Sie selbst zu
Ole Forsberg?

Wikström: Ein gutes. War ein feiner Kerl, der Ole.
Konnte gut feiern.

Gustafsson: Und außerhalb des Vereins? Fällt Ihnen da
jemand ein, der einen Grund haben könnte, ihn zu ermorden?

Wikström: Nö.

Gustafsson: Was ist mit Nils Andersson?

Wikström: Die verstehen sich neuerdings nicht mehr so gut.

Gustafsson: Kennen Sie Nils Andersson gut?

Wikström: Nein.

Gustafsson: Wissen Sie, weshalb Andersson seine Absicht
bezüglich des Verkaufs seines Hofes geändert hat?

Wikström: Weil er ein blöder Idiot ist.

Gustafsson: Inwiefern?

Wikström: Weil er geglaubt hat, dass er mit dieser Heim-
Nummer fein raus ist. Aber da irrt er sich gewaltig.

Gustafsson: Waren Sie bei dem Streit gestern dabei?

Wikström: Ja. Ole hat gesagt, er ist sich ganz sicher, dass
Andersson es nicht wagen wird. Es wird kein Asylantenheim
hier geben.

Gustafsson: Was meinte er damit?

Wikström: Keine Ahnung.

Gustafsson: Wusste Ragnar Persson vielleicht, was er damit meinte?

Wikström: Wer ist Ragnar Persson?

Gustafsson: Wann haben Sie gestern die Mittsommernachtfeier verlassen?

Wikström: So um kurz nach eins.

Gustafsson: Und wann sind Sie gekommen?

Wikström: Gegen elf.

Gustafsson: Worüber haben Sie sich denn so angeregt mit Ole Forsberg unterhalten?

Wikström: Kann mich nicht erinnern. War ziemlich voll.

 **Welche Unstimmigkeit ist Ihnen in dieser Befragung aufgefallen?**

Schwedenkrimi-Rätsel

1. Singendes Schweden-Duo
2. Hier landen die Mordopfer.
3. Name des fiktiven Kommissars von Åke Edwardsson.
4. Häufiges Leiden schwedischer Ermittler.
5. Das sollten Sie als Verdächtiger haben.
6. Provinz in Südschweden.
7. Nachname des schwedischen Autors, der Kommissar Van Veeteren erschuf.
8. Berühmte schwedische Exportmarke.
9. Ermittler.
10. Beliebter schwedischer Vorname, weiblich.
11. Schwedisches Fest.
12. Gewahrsam.
13. Schwedisches Nationalsymbol

In der richtigen Reihenfolge ergeben die Buchstaben in den getönten Kästchen ein Lösungswort.

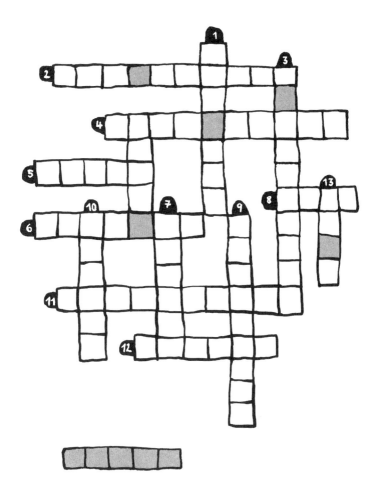

Lösung:

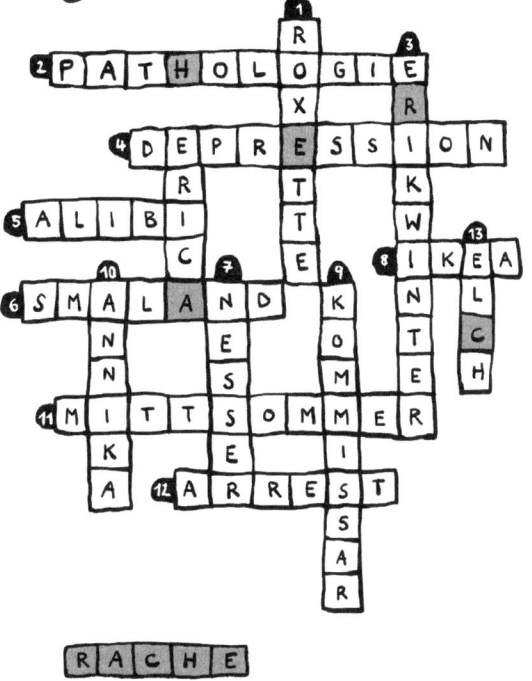

RACHE

Lösung von Seite 35:

Gunvald Wikström behauptet, bei dem Streit dabei gewesen zu sein, kennt aber Ragnar Persson nicht und ist erst um elf Uhr zur Feier erschienen, als der Streit bereits vorbei war. Er muss sich also auf einen anderen Streit beziehen, und weil vorher von Nils Andersson die Rede war, geht es vermutlich um einen Streit zwischen Andersson und Forsberg.

Nils Andersson war groß, athletisch und sehr beherrscht.

Gustafsson schätzte ihn auf Mitte vierzig. Seine Haare waren bereits vollständig grau. „Schöner Mann", dachte Gustafsson mit einem Anflug von Neid. Er stellte sich und seine Kollegin Målin Elmqvist vor und kam gleich zur Sache.

Gustafsson: Wo waren Sie heute zwischen ein und sieben Uhr morgens?

Andersson: Machen Sie Witze? Im Bett.

Gustafsson: Keine Mittsommerfeier?

Andersson: Nein. Ich hatte andere Sorgen.

Gustafsson: Was für Sorgen?

Andersson: Jemand hat gedroht, meinen Hof anzuzünden.

Gustafsson: Jemand? Oder kennen Sie ihn genauer?

Andersson: Es war eine anonyme Drohung.

Gustafsson: Haben Sie einen Verdacht?

Andersson: Da kommen einige in Frage.

Gustafsson: Sie hatten einen Streit mit Ole Forsberg.

Andersson: Ja.

Gustafsson: Worum ging es bei diesem Streit?

Andersson: Er war nicht damit einverstanden, dass ich meinen Hof in ein Asylbewerberheim verwandeln will.

Gustafsson: Hatten Sie nicht ursprünglich andere Pläne? Warum haben Sie Ihre Meinung geändert?

Andersson: Weil ich das Geld gut brauchen kann.

Gustafsson: Und vorher haben Sie es nicht gebraucht?

Andersson: Doch. Aber Ole und ich wollten zusammen dieses Heimatmuseums-Projekt aufziehen.

Gustafsson: In welchem Verhältnis stehen Sie zu Ole Forsberg?

Andersson: Wir sind Nachbarn und Freunde.

Gustafsson: Und warum wollten Sie es dann plötzlich nicht mehr?

Andersson: Ich habe es mir eben anders überlegt.

Gustafsson: Werden Sie erpresst?

Andersson: Was tut das zur Sache?

Gustafsson: Wollen Sie Anzeige erstatten?

Andersson: Noch ist ja nichts passiert.

Gustafsson: Wohnen Sie allein auf diesem Hof?

Andersson: Nein. Meine Frau und meine beiden Töchter sind allerdings gerade auf Ibiza. Zur Zeit teile ich ihn nur mit einem Rottweiler. Brauche ich ein Alibi?

„Hier stimmt doch was nicht", sagte Gustafsson ...

... als er mit Målin Elmqvist zum Wagen zurückging. Irgendetwas an Nils Andersson kam ihm merkwürdig vor. „Ich sehe viele Verdächtige, die ein gutes Motiv hätten, Andersson umzubringen. Aber es ist nicht Andersson, sondern Forsberg, der tot ist. Forsberg und Andersson sind gut befreundet und wollen ein gemeinsames Projekt aufziehen, doch ganz plötzlich macht Andersson einen Rückzieher und tut etwas, von dem er wissen muss, dass es Forsberg bis aufs Blut reizen wird. Warum? Wenn wir das wissen, wissen wir mehr." „Tja", sagte Målin Elmqvist gedehnt. „Warum Andersson das gemacht hat, weiß ich auch nicht. Aber eins weiß ich: Dieser Mann ist hundertprozentig schwul."

Zweites Gespräch mit Linn Skögland

Gustafsson: Wir wissen inzwischen, worum es bei dem Streit zwischen Forsberg und Persson ging. Und sie wissen es auch. Warum haben Sie uns angelogen?

Skögland: Ich wollte da nicht mit reingezogen werden. Ich muss aufpassen, dass unser Heimatmuseum nicht in die Nähe von rassistischen Nationalisten gerückt wird.

Gustafsson: Aber mit Forsberg haben Sie sich trotzdem gut verstanden, obwohl er ein rassistischer Nationalist war?

Skögland: Er leistete wertvolle Dienste für das Heimatmuseum.

Gustafsson: Hatten Sie eine Affäre mit Forsberg?

Skögland: Wie kommen Sie denn darauf?

Gustafsson: Sie sind gesehen worden, wie Sie mit Forsberg getuschelt haben und gegen halb zwei sind Sie in der Scheune verschwunden, was Sie uns ebenfalls verschwiegen haben.

Skögland: Ich habe ihn nicht umgebracht. Und ich hatte auch keine Affäre mit ihm. Er war schwul.

Gustafsson: Wie kommen Sie darauf? Er war doch verheiratet.

Skögland: Na und? Er wollte sich eben nicht outen. Ebenso wenig wie Nils Andersson. Die beiden waren ein Paar.

Gustafsson: Seit wann wissen Sie das?

Skögland: Seit einem Monat. Ich gebe zu, ich hätte gerne eine

Affäre mit Ole gehabt. Aber ich habe auf Granit gebissen. Und dann habe ich ihn einmal mit Andersson hier in der Scheune erwischt. Die benutzten sie offenbar als heimliches Liebesnest. Seitdem weiß ich, warum.

Gustafsson: Warum sind Sie gestern in die Scheune gegangen?

Skögland: Ich habe Ole mit diesem kräftigen Kerl mit den kurzen Haaren in der Scheune verschwinden sehen und wollte wissen, was sie dort machen. Der Mann sah mir wenig vertrauenswürdig aus. Außerdem war er ziemlich betrunken.

Gustafsson: Und haben Sie herausgefunden, was die beiden dort gemacht haben?

Skögland: Ja, leider. Sie haben geknutscht.

Gustafsson: Haben Sie nicht eben gesagt, Forsberg und Andersson seien ein Paar gewesen?

Skögland: Sowas kann sich ändern.

Gustafsson: Und haben Sie auch beide wieder aus der Scheune herauskommen sehen?

Skögland: Dieser Mann ist um zwei Uhr Bier holen gegangen und hat eine anzügliche Bemerkung in meine Richtung gemacht. Wo er mit dem Bier hin ist, habe ich nicht gesehen. Ole habe ich auch nicht mehr gesehen. Aber als ich um drei gegangen bin, war die Scheune abgeschlossen.

Gustafsson: Wer außer Ihnen und Forsberg hat einen Schlüssel zur Scheune?

Skögland: Alle Mitarbeiter des Museums haben einen.

Gustafsson: Und diese Tür vorne ist der einzige Eingang?

Skögland: Ja, aber es gibt auf der Rückseite noch zwei Fenster. Eins davon ist schon länger kaputt. Man sieht es nicht, aber man kann es aufdrücken.

Gustafsson: Wer wusste das?

Skögland: Alle Mitarbeiter des Heimatmuseums.

Gustafsson: Es hätte also jemand von hinten ungesehen die Scheune betreten können, ohne einen Schlüssel zu haben?

Skögland: Ja.

Schlussfolgerungen

Wenn Sie gut aufgepasst haben, können Sie jetzt folgende Fragen beantworten.

1. Wer hat bezüglich der Uhrzeit gelogen, zu der er das Fest verlassen hat?
   a) Linn Skögland
   b) Ragnar Persson
   c) Gunvald Wikström

2. Warum hat Nils Andersson sein Pläne geändert?
   a) Weil er erpresst wurde
   b) Weil er betrogen wurde
   c) Weil er Geld brauchte

3. Warum wurde Ole Forsberg ermordet?
   a) Aus Eifersucht
   b) Weil er jemanden erpresst hat
   c) Aus Versehen

Lösung:

1. c)

2. b)

3. b)

Es war immer noch warm und hell ...

... als Kommissar Gustav Gustafsson mit Per Söderman und Målin Elmqvist die Polizeiwache verließ. Ihm tat wieder der Kopf weh, aber die Übelkeit hatte nachgelassen. Jetzt verspürte er Lust auf ein herzhaftes Abendbrot. Nils Andersson hatte sich widerstandslos festnehmen lassen. Er hatte gestanden, dass er jahrelang ein Verhältnis mit Ole Forsberg gehabt hatte. Vor Kurzem hatte er herausbekommen, dass Ole etwas mit Gunvald Wikström angefangen hatte und hatte ihn daraufhin verlassen und das gemeinsame Projekt aufgekündigt. Ole hatte gedroht, seiner Frau von ihrer Affäre zu erzählen, wenn Nils die Sache mit dem Asylbewerberheim wahr machen sollte – er selber hatte nichts zu befürchten, da seine eigene Frau längst Bescheid wusste. Nils Andersson hatte sich in der Mittsommernacht nach Lunnabacken begeben und sich in

der Scheune versteckt. Da er sich mit Ole dort oft aufgehalten hatte, wusste er, dass das Fenster kaputt war und konnte dort einsteigen. Er beobachtete Wikström und Ole in der Scheune, und als Wikström hinausging, um Bier zu holen, erschlug er Ole Forsberg. „Wikström muss einen ganz schönen Schock gekriegt haben, als sein Lover plötzlich tot auf dem Amboss lag", sagte Per Söderman. „Aber wie abgebrüht muss man sein, um dann noch den Schlüssel aus der Tasche zu fischen, die Biergläser abzuwischen und die Scheune wieder abzuschließen?" „Er ist vorbestraft", sagte Målin Elmqvist. „Er wusste, dass der Verdacht sofort auf ihn fallen würde." „Aber ist es nicht sonderbar", sinnierte Gustav Gustafsson. „Man hofft immer, es würde einmal um altruistische Motive gehen. Aber dann ist es doch wieder nur Rache, Missgunst, Eifersucht und Habgier." Målin Elmqvist warf ihm einen belustigten Blick zu. „Sag mal, Gustav", sagte sie und zwinkerte. „Du wirst so philosophisch! Hast du heute eigentlich schon was Vernünftiges gegessen?"